KB164867

삶이 흐르는 길

Over a Wall
Poetry
30

삶이 흐르는 길

조병혁 시집

 담장너머

시인의 말
이해와 응원 부탁드립니다

1990년 당구장을 운영하다 술을 마시고 밤늦게 온 친구를 오토바이로 데려다주다 사고를 당했습니다. 그 사고로 왼쪽 머리를 다쳐서 좌 반신에 마비가 왔습니다. 왼쪽 시력도 실명이고 혀까지 마비가 와서 쉬운 말만 어눌하게 합니다. 숨을 정상으로 내쉬지를 못해서 공기가 조금만 안 좋으면 호흡하기 힘든 장애가 있습니다. 더는 음식을 먹을 때도 혀를 못 돌리니 젓가락으로 음식물을 씹을 수 있게 밀면서 먹어야 합니다.

그래도 굳은 왼팔과 왼발엔 신경도 살아 있고 움직 일수도 있으니, 완전하게 쓸수는 없어도 아쉬우나마 이만도 감사하며 지내고 있습니다. 또한 척수 장애인들은 대부분 감각이 없어서 많은 어려움으로 살지만 전 감각을 느낄수 있음을 감사하며 살고 있습니다.

제 하루는 활동보조 도우미 네 분께 하루 24시간 도움을 받으며 즐겁게 지내려 노력하고 있습니다. 물론 늘 곁을 지켜주는 어머니와 늘 걱정해주는 가족이 있어 삶의 의미를 찾습니다.

온전한 정신으로 고등학교 친목회와 동창회도 다닐 수 있어 다행이라 생각합니다. 그리고 이렇게 글을 쓰게 도와주신 분들에게 감사할 뿐입니다. 사랑하는 가족과 저를 도와주시는 모든 분들 고맙습니다. 사랑합니다.

2019년 3월 봄을 열며

조 병 혁 씀

■ 시인의 말 _ 이해와 응원 부탁드립니다 _ 4

1부 하루

2부 사랑의 손길

3부 한 줄기 빛

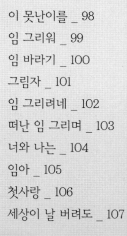

4부 기도

5부 작은 행복

부
하루

하루가 흩어져 있다

잡으려 애쓰고 발버둥 쳐도
애타게 불러도 세상에 지친 빈 메아리

오늘도 허무한 삶의 활시위를 당긴다
내 앞에 하루가 흩어져 있다

지친 하루

오늘도 의미 없는 하루를 정리한다
살려고 애쓸수록 더 힘든 하루였다
내일도 반복될 삶을 바라봐야 한다
의미 있는 자욱을 남기려 해도
바람도 기대도 내 욕심으로 지워진다
오늘도 채워지지 않을 그릇을 비우고
나의 하루를 담아보려 한다

작은 삶 · 1

의미 없고 보잘것없는 삶
발 앞에 흩어져 있다
잡으려 애써도 공허함과 허무뿐
애타게 외쳐 불러도
세상에 지치고 채인 메아리뿐
나의 빈자리 그 무엇으로도
채울 수 없기에
오늘도 내일도 찾으려
내 걸음을 뒤돌아본다

작은 삶 · 2

스스로 살아가야 할 삶이기에
내가 받아내고 살아가며 찾아야 한다
쓸데없는 자존심 이기적인 욕심
다 버리고 마음을 비우고
오늘의 삶을 만족하며 받아야 한다
그날이 언제인지 모르기에
힘들고 지친 오늘 하루의 삶
주어진 하루를 받고 열심히 살리오

이슬비

밖에서는 이슬비가
하염없이 내리고

조심스레 주절주절
내 마음이런가

무슨 슬픔 있기에
소리도 없다

손

허물어진 몸
낙망하고 힘들어 쓰러질 때
내 손 잡아준 그대
따스한 손길에 의지하렵니다

갓난아기 제 어미 젖 찾듯
그대 품에 몸과 마음을 묻으렵니다
그대만이 내 삶의 희망임을
이제야 알았답니다

그 손길만 믿고 의지함에
나약한 이 몸 쉼터이고 삶입니다
그 사랑의 손길 나에 삶을 받아주오
사랑스러운 손끝에서 삶의 길을 찾았답니다

어머니 · 1

나 태어나 오늘을 살게 되고
내 죄 아닌 내 죄로
육신의 구속에 산다
그 아픔 속에 있는 아들을 돌보는
내 어머니

세상에서 상처받을까
노심초사 근심 쌓이고
항상 가슴에 품고
노심초사 마음을 감추는
내 어머니

어머니 · 2

백번 천번 불러 봐도
사랑 그 이름 어머니
어머니의 큰 사랑으로
오늘 하루 또 살아냅니다

아픔에 병든
눈물로 기도드립니다
그 손 주름에 묻혀도
내 어루만져 주리오

힘에 지쳐 쓰러질 때
내 손 잡아주시니
그 사랑 손길
사랑합니다

나는

내가 무엇이기에
당신 사랑으로 사나요

당신 사랑 너무도 고맙고 감사해
오늘 밤도 눈물집니다

빈 손

내 작은
손을 내밉니다

비어있는
내 손 잡아주오

지치고 채이고
그대 손 기다립니다

내 작은
손 잡아주오

나들이

화창한 봄날
옛 추억을 먹으려
길을 나선다

그 길 그 산천초목
모두 그대로인데 내 몸은
아직도 잠자고 있다

이젠
익숙해질 때도 되었건만
그 시절을 회상하고 있다

현실을 받아들여야 하는데
오늘 밤 꿈속에서는
그날을 만날 수 있을까

보잘것없다

태곳적 먼 꿈들 있었다네
세상에 채이고 지쳐
작은 꿈마저 사라져 갈 때

지워지지 않는
삶의 한 부분을 이으며
스러져 가는 별님과
내 영혼 약속했었다네

허허로운 웃음
오만에 찬 사랑
방탕한 자존심
진실하게 받아드립니다

나그네

빈손으로 태어나
빈손으로 갈 길

험하고 메마른 삶
부딪쳐 쓰러질 때

일어날 힘 없어
당신 손 잡으리오

흩어진 삶에 길이 되어주오
당신 발만 따르려오

사랑

받아도 줘도 좋은 것
팔불출 놀림 받아도 좋은 것

너도 나도 그 누구도
갖고 싶고 누리고 싶은 것

그것 때문에 웃고 울어도
좋은 이름 사랑이랍니다

지워진 하루

세상 사람들이 나를 보며
불쌍타 안됐다 혀를 찬다
이젠 동정과 위로의 말에
내 삶을 던질 수 없다

보장 없고 믿을 수 없어도
묵묵히 내 길을 가야 한다
세상 사람들의 위로와 동정 내려놓고
보란 듯이 일어서야 한다

오늘은 무엇을 하였고
무슨 바람으로 하루를 보냈는가
아무것도 할 수 없다는 현실
또 나를 지치고 힘들게 한다

오늘만

주어진 것이
작고 보잘것없는 삶이라도
작은 소망과 만족으로 살려오
삶의 주관자는 오직 나이기에
세상이 날 버려도
오늘 하루 만족하며
마음 비우고 열심히 살려오
나 오늘만 살아도

길은

때론 술에 취해 비틀대도
세상에 지치고 쓰러져도
넌 항상 그 자리서
나를 맞이해 준다

어제도 오늘도 내일도
변함없이 그곳에서
지친 내 육신을
맞이해 준다

이 아름다움만으로

봄 여름
그리고 가을과 겨울
사계에 아름다운 세상은
산이나 바다나 강이나 들판이나
이웃이나 둘러봐도
아름다움이 천지에 춤을 춘다
난 그곳에 서서
세상을 즐거움과 기쁨으로
맞이한다

한 방울의 눈물이

세월아 시간아
나의 눈물을 걷어 가다오

나의 외로움과 아픔을
독차지하려 하고 있다오

이 한 방울의 눈물로
지워지길 바람이요

오늘 · 1

사는 의미를 찾으려
문을 두드린다

세상을 받으려
마음을 열고 조용히
하루를 그린다

오늘도 하루 삶의
문이 열렸다

오늘 · 2

다람쥐 쳇바퀴
반복인 삶이라도
이 못난이를 보며 사는
내 가족의 시선

의미 없고 보잘것없어도
작은 만족과 바람으로
세상에 맞서리다

오늘도 변함없는 하루에
문이 열리고
바람도 계획도 없이
침상을 뒤로 한다

손길

임 사랑의 손을 받고
삶의 길을 찾았습니다

허물어진 내 인생길
낙망하고 무너질 때

내 손 잡아준
따뜻한 임의 손

그 손을 잡고 서
희망으로 오늘을 삽니다

하루

무심한 세월은
내 맘을 아는지 모르는지
무심히 빠르게만 간다

내 앞에 놓여 있는
무너진 마음으로
현실을 직시해야 한다

나만 만족한 삶의 하루
살아야 한다는 현실
할 일을 잊는다

그래도 오늘도
삶에 자욱을 찾으려
지친 몸을 추스른다

2부
사랑의 손길

나 이대로

세상의 아름다움을
빈 마음으로 맞이한다

곧고 예쁜 마음으로 다듬어
내 것으로 만든다

동정 어린 시선 뒤로하고
담대히 세상과 마주하리오

짐

저기 가는 저 노인네
세상 무거운 짐 홀로 지시려
허리 구부리셨나

제 한 몸 가누지 못하시면서도
오지랖 넓게 사시는구려

힘드시니 잠시 가던 걸음 멈추시고
숨 한 번 길게 쉬고
허리나 펴시게

빈자리

현실은 쳇바퀴 삶을 벗어나지 못하고
돌고 도는 세상인 것을
내 나이 되고서야 알았답니다

오늘을 살면서
무슨 바람으로 하루를 보냈는가
맘 비우고 산다 하였건만

채촉

오늘도 하루 문 열렸으니
긍정적이고 예쁜 마음으로
눈 떠 세상을 바라본다

세상 사람들은 분주하게
각기 제 갈 길로 발걸음 재촉하며
제 길로 간다

나의 하루도
세상 사람들의 발길에 묻혀
오늘 하루를 재촉한다

희망

시간을 먹고 사는 우리
한 치 앞 일도 모르면서 평생을 설계한다

주어진 하루 열심히 살면
내일의 길문이 열리는 법

내일의 염려와 걱정 말고
주어진 오늘을 열심히 살자고요

2부 사랑의 손길
삶이 흐르는 길

미련 · 1

이젠 그날을 생각지도 떠올리지도 않으리
맹세하고 다짐하고 다짐했건만

이젠 세상을 받아들일 때도 되었건만
어느 세월에 세상을 받고 받아들일까

하루 삶에 지쳐 고단한 몸 뉘면
불현듯이 그날이 생각나고 떠오른다

미련 · 2

그날의 내 임은 어디서
무엇을 하고 있을까

험한 세상 어디서
약하고 여린 몸으로 지내시나요

이 몸은 임의 안녕을 위한
기도만 드린다오

내 평생에 단 하나의 소원
임의 안녕과 평안이라오

우리 그날의 추억은 꿈에서나
이루기를 꿈꾼다오

시간

잡을 수도 기다려 주지도 않는 시간

밉다 싫다 해도 부질없이 가는 시간

이 내 짧은 인생길 무심히도 가는 시간

우리네 소관 아니니 아끼며 사는 시간

하늘이시여

나 오늘은 무엇을 하고
무슨 바람으로 살았는가

야속한 세월 속절없이
이내 하루를 흩어 놓고

세상 모진 풍파 속에
힘든 삶을 밟아버렸다

하늘이시여 지친 밤
사랑으로 거두어주오

길 · 1

큰 바람 없이
작은 맘으로 받겠습니다

이젠 세상 즐거움
부귀영화 잊겠습니다

고개 숙이고 빈
마음으로 살겠습니다

이젠 세상에
담담히 마주하렵니다

길 · 2

이리 갈까 저리 갈까
재고 보는 이내 발걸음

아무도 안 간 낯선 길에
고단한 여정을 풀고

지치고 힘든 길에서
쉼을 찾는다

길 · 3

낯설지 않은 고향길
그날의 추억을 먹으려 떠오른다

산천초목 그대로 변함없고
맘속 깊이 잠자다 하나둘 깨어난다

길 · 4

이젠 세상을 받고
담대히 맞서렵니다

더 큰 바람 없이
빈 맘으로 받겠습니다

나를 찾는 그 날
승리의 나팔 불겠습니다

사랑의 손길

아프고 지쳐 쓰러져 있을 때
당신의 따스한 손길 받았지요

내 짧은 인생길 끝이 언제일지는 몰라도
임의 손길이 영원하길 기도드려요

언제까지나 영원토록 오직 당신의 손길 그리며
오늘 하루의 문을 노크합니다

그날 그 이후엔

　　그날 그 시간 이후 내 삶은 철저히 망가져 고통에 하루하루
를 보낸다 머리부터 발끝까지 눈 씻고 찾아봐도 성한 곳은 단
한 군데도 찾을 수 없다 인간사 누구나 먹고 마시고 숨 쉬는
이 당연한 것이 내겐 사치가 되었다 굳은 육체가 이제나저제
나 깨어날까 바람이 바람만으로 지워질 때 나도 무너진다 하
지만 내 삶이 내 것만은 아니기에 긍정적으로 예쁜 마음으로
열심히 살아야 한다

그해 봄

세상
다 내 것인 양
사방팔방 뒤흔들었지

부귀영화
다 내 것인 양
거침없었지

이 즐거움의 끝
그 누구도
알지 못했지

나 오늘은
먹고 숨 쉬고 살아 있음을
무한 감사하지

그날을

흐트러진 모습 힘들고 외로워도
받아들여야 합니다

내 바람이 뜬구름인 것을 너무 늦게
현실로 받았습니다

이미 아픔으로 흩어진 삶이라도
내가 받고 살아야 합니다

이젠 즐겁고 행복했던 날들을
책장 속에 넣어야 합니다

삶의 주관자

세월아 시간아
작고 작은 내 삶을
네 뜻대로 주관하여 주렴

나 아프고 힘들어
이 세상 받을 힘 없을 때
내 삶을 주관하여 주렴

나 이미
세상에 맞설 힘 잃었기에
세월 속에 던지려니 받아 주렴

그날엔 아픔도 시련도
시간에 세월에 버팀목으로 서려니
이 몸 받아주렴

이별 그리고

우리네 인생사
만나고 헤어짐이
세상사 이치거늘

회자정리라 했던가
내 나이 되고야
이제야 깨달음을

이젠 헤어진 아픔을
받지 않고도
받을 수 있답니다

그날이

오늘을 어떻게 살았냐는 물음에
고개를 떨구었다오

내일의 삶에 자신 있냐는 물음에
먼 산만 바라보았다오

세상살이가 만만치 않아
접을까도 했었다오

이젠 깨어나 세상에
담대히 맞서려 하오

내겐 아주 작고 소박한
꿈과 바람이 있다오

꿈꾸며 산다오

여기 이 몸도
아주 작고 소박한
꿈이 있었다오

너무나도 큰
시련과 아픔에
접을 수밖에 없었다오

남들이 보기엔
너무 작고 보잘것없음에
혀를 찬다오

그렇다 해도
난 그 작고 보잘것없는
꿈과 소망으로 산다오

우리네는
저마다의 꿈과 희망을
꿈꾸며 산다오

그날 친우는

친우야 우리 발가벗고 고추 내놓고 멱감던 그곳에 가보지
않으련 이 골목 저 골목 헤집고 잡초 자랄까 놀이터 삼아 골목
길을 헤집고 뛰놀던 친우와 나의 즐거운 시간이 살아 숨 쉬고
있는 그곳, 추억 속 그곳에 우리만 알고 있는 소싯적 그대로
있는 그곳으로 가자꾸나 친우야

죽마고우

　친우와 나 형인 양 아우인 양 우린 단짝이었지 낮이나 밤이
나 어디서 무엇을 하든지 붙어 다녔지 고추 만지작거리며 할
머니 잠 깨실까 조심스러운 손장난 잊을 때도 되었건만 뇌리
에 박혀 떠나지 않는다네

친우는

이 몸이 언제 어디서나
보고파 외쳐 부르면

친구란 이름으로
한걸음에 와주던 너

너의 고마운 배려심에
감사하고 행복했다오

한없이 부족한 나였기에
작은 마음을 꺼낸다오

친우여 언제까지나
내 곁에 머물러 주오

길 잃은 사랑

철모르고
세상이 다 내 것인 양
내 만족만을 찾았지요

임은 매사에
천방지축인 나를 사랑의 시선으로
지켜 주셨지요

긴 시간
긴 세월이 흐른 뒤 오늘에야
임을 추억으로 그립니다

나는 나

난 오늘도
지난날 못 다 이룬 꿈을 먹으려
그날을 추억하려 한다

소싯적 고추 내놓고
멱감고 물고기 잡아
고사리손으로 채소를 잘라 넣었지

그날 추억들이 내 맘속에
깊이 자리 잡고 움트림하며
깨어날 채비를 하고 있지

진심으로 내 삶을 찾는 날
맘속에 깊이 잠자고 있는
내 육신을 깨우리오

3부
한 줄기 빛

한 줄기 빛

나의 하루는
분명 어두운 터널을
지나고 있다

이곳만 지나면
밝은 햇살이 맞이해 주리라
믿는다

보이지 않고
보장도 없다 해도 굳게 믿고
내 길을 걷는다

세월이

이렇게도 긴 세월이 흘렀건만
정작 내 삶은 제자리서 벗어나려
발버둥 치고 있다

이젠 내게 주어진 삶을 받고
수긍하고 아무 사심 없이
세상에 맞서 살아야 한다

학창시절

술 한 잔으로 막차를 놓치면
한 잔 술 더 생각나 친우 집을 찾았지

친우 어머님 구수한 된장국에
머슴밥을 주셨지

긴 세월이 지난 오늘
흐린 기억으로만 그날을 그립니다

즐거웠던 나의 학창시절
그날 친우 집은 나의 쉼터였지

잊어야 할 시간

이젠 지난 과거
다시 오지 않을 기쁜 일 슬픈 일
모두 잊어야 한다

내 처지와 현실
받아들이고 모든 일을 추억 속
기억에 묻어야 한다

그 누가 뭐라 해도
내 삶은 내 의지로 받고 노력하며
이겨내고 극복해내야 한다

내 작고 보잘것없는 삶
승리의 개가를 외치는
그날까지

난

내 삶은
어디로 가고 있는 걸까

찾으려 해도
길은 보이지 않는다

세상 부귀영화가
내게는 사치일까

오늘에 주어진 삶을
빈 마음으로 받는다

이대로만

세상에 채이고
외면당하는 삶이
현실이다

처지와 현실
머리 숙여 겸손하게
받아들인다

이제 더 이상
바람과 기대는
사치가 되었다

무지개다리

일곱 색깔 무지개다리를 놓아
세월의 강 건너리

빨주노초파남보
향연으로 무지개다리 만들어

그날엔 내 임 맞으러
하늘길로 가리오

그날이

내겐 아주 작고 소박한
꿈과 바람 있었다오

세상살이가 만만치 않아 삶마저
접을까 했다오

오늘은 어떻게 살았냐는 물음에 난
고개를 떨구었다오

이젠 깨어나 세상에 담대히
맞서려 하오

늦었다 받음이 백에 오십 보이니
앞만 보고 가리오

내가 걸어갈 길

이른 새벽녘
오늘을 살아갈 하루 계획으로
길을 그린다

무엇을 하고
무슨 바람으로 짧디짧은
하루를 살까

이젠 반복인
하루를 벗어나 나의 생활을
찾으려 한다

우리네 인생길
공수래공수거인 것을
삶을 손아귀에 쥐고

이 모든
내려놓고 갈 것들 손 펴고
넓은 아량으로 받게나

미시 할망구

사랑의 손 따뜻한 마음을 받고
삶의 평안과 희망의 빛을 보았다오

이미 허물어진 육신과 마음
살아야 한다는 의지와 희망을 받았다오

아프고 힘들어 낙망하고 쓰러질 때
손잡아 일으켜 주고 길 잡아 주었지요

가진 것 없기에 감사한 마음만 드리려니
마음 문 열어 이 맘 받아주오

추억의 그날을

즐겁고 행복하기만 했던
그 시절 다시 추억할 수 없음을 알아도
그날을 그린다

내일을 살아야 한다는 절실함이
나를 굳게 함이니
작정한 마음 추스르며
내 길을 걸으려 한다

고요와 적막만 흐르는
이 밤 내 맘속을 채울
추억을 그린다

지금 이대로만

세월의 무게에
하나둘 지워질 때
나를 찾았소

너무 늦게야 알았기에
때는 이미
빈손이었다오

다시 찾은 삶이지만
일어나 걸음을
내딛으려 하오

낯선 길 서두르지 않고
한발 한발
내딛으려 하오

나들이 길

오늘은 무얼 할까
아무리 쥐어짜도
일이 없다

허무한 맘에
옛 추억 발라드에
빠져든다

임이야 듣든 말든
작은 만족에
위로를 받는다

오늘도
변함없이 하루
문이 열렸다

내 그릇인데

내 짧고도 짧은 인생길
한세상 살아가면서 무엇을 바라고
무슨 희망으로 사는가

담을 그릇도 받을 손도 없기에
마음만은 벌써 받을 채비와 세상과 타협
하고 있지 않은가

진심으로 내 헛된 욕심
바람 없이 주어진 세상을 받고 만족함이
내 그릇인데

그 자리

이 몸은 항상
그 자리 그곳에 있는데

임은 세상 모두를 품으려
두 팔 벌렸구려

임을 맞이할 수 없어
마음으로만 받는다오

나 그날에 홀로되어 지치고
쓰러지면 임 찾으리니

임의 사랑으로
이 몸을 받아주오

친구야

친구야 우리 솔밭길로 가자꾸나

내 마음 그곳에 두고 있다오
철없던 시절 우리 벌거벗고 멱 감던
그곳 그 자리
나 한 발도 내디딜 수 없기에
꿈속에서나마 추억을 그린다오

친구야 우리 솔밭길로 가자꾸나

사노라면

기쁜 일 슬픈 일 있음에
이 모든 것을 담을 그릇 없다오

이젠 눈물마저 메말라
그 무엇으로도 위로받을 수 없음이

이 모든 잊어야 함이
살길임을 이미 받았음에

이젠 깨고 일어나 나만의 삶
진실한 생을 받는다

시간아 세월아

시간아 세월아 너는 아는지
우리네 삶은 네게 좌지우지 되고 있음을

이미 우리네 인생사 마음으로 받았고
시간 속에 세월 속에 묻혀 깨어나려 함은

내 힘들었던 과거지사에 헤메일 때
시간아 세월아 날 묻지 말고 받아주렴

이미 허물어진 나의 짧은 삶
시간아 세월아 나에 삶마저 주관하여 주렴

하루만 살게나

어제 이미 지나간 시간
내일 아직 오지 않은 시간
오늘 내가 맞이할 시간

맹세하고 다짐하고
고쳐먹고 다짐해도
굴레 바퀴 반복인 것을

고달픈 인생살이 잠시
쉬어가는 정류장인 것을
다치고 깨져야 받는다

어차피 살아야 할 거
다치고 깨진 후 받지 말고
주어진 오늘 하루만 살게나

내가 설 자리는

오늘은 무엇을 하였고
무슨 바람으로 하루를 살았는가

밤늦게야 잠자리 들어
하루를 곰곰이 뒤돌아본다

오늘도 내 설 자리를 찾지 못하고
기웃거리며 지냈다

내 작은 삶 흐르는 곳에 휩쓸려
손 놓고 방관만 할 순 없다

터지고 깨져 쓰러져도 한번 두번
쓰러져도 일어나야 한다

잃어버린 나

오늘도 의미 있는 내일을 그린다

보잘것없이 세상에 버려진 삶
작은 꿈 소망 있기에 마음으로 받고
그날만 바라보며 주어진 삶 열심히 살리오

나 어디로 가고 있는가

꿈

희망이 무엇인가
꿈이 무엇인가
바람이 무엇인가

이 모두
우리네 인간네들
욕심인 것을

기다림

그리움 하나
보고픔 둘
기다림 셋

하나 둘 셋
채워질 때
내 꿈 이뤄지리

4부

기도

잊으리

그대를 그리고 생각하면
행복하다오

그대 생각이 내 삶에 꿈이고
바람이라오

오직 그대만을 그리며
살고 싶다오

내 삶의 길이고
인도자라오

내 삶 전부를 그대 손에 드리니
받아주오

오늘도 그대와 행복했던 순간을
기억하리오

현실

이젠 현실을 받아들이고
세상도 긍정적으로 받아야 합니다

임도 세월을 살아가는
한 나그네임을 나 이미 받아들였건만

임과 함께 했던
즐겁고 행복한 시간 담을 그릇 없기에

불현듯 엄습해 오는 고독
오늘도 베갯잇 적십니다

마지막 남은 나의 알량한 배려심
당신의 건강과 행복을 기원합니다

그 시간들 내 가슴속에 고이 묻고
맘속 깊숙이 추억하렵니다

고목

너는 언제나 항상 그 곳 그 자리에서
넓은 마음으로 나를 맞아주었지

나는 항상 빈손으로 너를 찾아도
당신은 네 몸인 양 나를 받아주었지

세상에 짓눌린 나를 사랑으로 받아주고
허물도 덮어주고 받아주었지

긴 세월에 아직도 잊혀지지 않음은
그날을 아직도 그리워함이요

이젠 굳이 그날을 잊으려 지우려도 않고
그날을 마음 속 깊이 추억하리오

이젠 잊어야 할 임

이제 지난 과거는 오지 않을 시간이니
기쁜 일 슬픈 일 모두 묻고 잊어야 한다

나의 처지와 현실을 긍정적으로 받아들이고
이젠 모두 다 잊고 모두 잊어야 한다

누가 뭐라 해도 나의 삶은 내 자아 의지로
노력하고 이겨내고 극복해 내야 한다

낯선 이 타인에게 의지하지 않고
오늘 주어진 하루를 살아야 한다

내 작고 보잘것없는 삶에
승리의 개가(凱歌)를 외치는 그날까지

지금 이 아픔

이 한 몸 곁에 있어주면
세상을 다 가진 양 만족하고 즐겁다 했지요

긴 세월에 잊을 때도 되었건만
그날은 더욱더 깊게 자리하고 있다오

이 모든 것 부질없음을 알았음에도
마음은 매일 밤 베갯잇을 적신다오

그 아름다운 추억의 시간
이 생명 다하는 날까지 간직하리오

기도

나 아프고 지쳐
일어날 힘 없을 때
당신의 따스한 사랑의 손
나를 세웠지요

그 사랑의 손
오늘도 학수고대하며
당신 손길만 그리며
기다라고 있습니다

이 짧은 인생길 그 끝
언제일지도 모르고
당신 손길이 영원하길
기도드렸다오

언제까지나
당신 손길이 영원하길
이 밤도 두 손 모아
간절히 기도드립니다

난 바람 넌 고목

이 몸은 역마살이 끼었는지
당신 곁에 한날한시도
머물지 않았소

그런 이 몸을 항상
그 자리서 일편단심 눈물로
기다려 주었소

이 몸은
작은 관심과 작은 배려에 마음마저
싸구려 사랑에 팔았다오

그날의 내 임이여
때늦은 오늘에야
당신의 손을 받으려 하오

아픈 기다림의 사랑은 잊으시게
어느 하늘 아래 계실 임
평안과 행복을 빌어본다오

임의 사랑은

이젠 잊으려 잊겠다
작정하면 할수록
더욱더 그리워지는 그 얼굴

내 임 만나
오늘만 살다 간대도
후회하지 않고 택하리오

그립고 보고픔이 사무쳐
마음 한구석에 자리 잡고
떠나지 않음은

내 평생에
그리움을 감당할 수 없음에
이 밤도 임만을 그린다오

초원에 빛처럼

그날 우린 서로 아무 바람 없이
사랑만 믿고 우리 둘의 영원을 약속했지요

나의 이기적이고 방탕함을 감당키 힘들어
임만의 길을 가셨는지요

긴 세월과 시간이 흐른 뒤에야
임의 뼈아픈 시간을 알았습니다

오직 나만을 사랑해 주던 나만의 임
긴 세월이 흐른 뒤에야 임을 보냅니다

감당키 힘들어도

즐겁고 행복하기만 했던 그 시절
다시 추억할 수 없음을 알고도
추억을 그린다

비록 오늘의 삶을 받아들이기에
감당키 힘들어도 살아야 한다는 현실
다시금 굳게 한다

이대로 살아야 한다는 절실함이
나를 굳게 함이니 작정한맘 다시금 추스르고
나의 길을 걷는다

까만 밤 은하수 물결이 내리는
이 밤 빈 마음을 채워줄 추억
책장을 넘긴다

이 못난이를

그날의 내 임은
지금은 어디서
무엇을 하고 계실까

그날이 그립고
보고픈 마음에 이 밤도
그날을 그린다

기약도 약속도 없는
그 날을 뒤늦게
돌이켜 본다

이젠 아픈 그 날
추억은 고이 접어
묻어두시구려

내 짧은 생
다하는 그 날까지
임의 안녕과 평안만 그립니다

임 그리워

나 사는 동안 오직 임만 그리며 살리오
나 아프고 힘들어할 때 곁에 있어 주었오

세상살이가 고달파 님 이마에 땀방울 맺힐 때
이 몸 작은 손으로 닦아 주리오

세상 길 오직 임과 동행하며 잡아주고
밀어주며 함한 세상 살리오

지치고 쓰러진 데도 임의 사랑으로
맞잡은 손 놓지 않으리오

내 작은 마음 오직 임만을 그리며
가슴에 묻고 살리오

임 바라기

오늘 하루만 산대도
임과 같이하고 싶다오

가슴속 아픔으로 깊게
응어리지고 사무친 마음

임과 즐거운
마음으로 채우리오

그림자

낮이나 밤이나
그대만을
그리며 살려오

어디서 무엇을 하고 있을까
그날 그 아름다운 모습
마음속 깊게 새깁니다

그날 그 추억에 사무친 마음
보잘것없는 삶을
바칩니다

임 그리려네

오늘도
떠난 임 그리워
아스라이 떠올리네

잊히기 전에
임 모습 마음속에
그리려네

떠난 임 그리며

오늘도 부질없음을 받아들이면서
떠난 임 그리워 그날을 그립니다

지금은 어디에서 무엇을 하며 살고 있을까
나만을 보며 세상에 더 큰 행복이 없다던 임

오늘 밤 꿈에서 만나
임과 그날을 추억할까 합니다

너와 나는

우리 만남은 필연이었지
너에 눈빛을 보며 영원을 약속했었지

세월의 무게 벽을 이기지 못하고
각기 제 길로 가고 말았지

어느 하늘 아래서 무엇을 하시던
임의 안녕을 빌어본다오

먼 훗날 진실로 사랑했다
고백하리다

임아

나 이젠 잊기로 했네

행복했고 즐거웠던 시간 시간

아름다운 추억으로 묻기로 했네

사랑아 사랑아

첫사랑

철없던 시절에 그대 사랑을 받았다오
당신의 마음 헤아리지 못하고 받기만 했던 사랑
보고프다 사랑한다 내색지도 못했다오
이제야 그대 향한 사랑을 알았다오
어디서 어떻게 무엇을 하던
그대 안녕을 빌어본다오
안녕 내 사랑

세상이 날 버려도

육신의 구속으로
무너진 하루를 산다

그러해도 살아야 한다는
현실이 더 지치고 힘들게 한다

삶이 내 것만은 아니라는
현실이 내 앞에 있다

작은 꿈과 소망이 오늘이라 하고
힘든 하루를 희망으로 받는다

5부
작은 행복

나는

나 무엇을 하고 무엇을 바라는가
아무것도 할 수 없다

작은 바람도 무색해지고 세상사 이치에 수긍하고
나 자신을 되돌아본다

이젠 세상이 날 버린대도 후회도 원망하지 않으리오
내가 받고 살아야 할 몫이기에

세상에 삶을

　아름답고 행복했던 지난날 추억들이 허공 속에 흩어져 있다
다시금 기억하며 찾으려 해도 과거에 얽매임이 허락지 않는다
불현듯이 그날이 떠올라 오늘을 헤집고 걸음을 잡는다 제아무
리 내 걸음을 잡는데도 험한 세상에 의지할 순 없다 보잘것없
대도 소중한 내 삶이기에 방관하며 세상에 둘 순 없다

사랑하는 가족

세상살이 지치고 힘들어 쓰러질 때
내 손 잡아 일으켜 주고 위로해 주는 가족

아플까 지칠까 노심초사
아픈 곳 어루만져 주는 가족

오늘도 이 못난이에게 안부 한마디
한 통화에 마음속 눈시울 젖는다

오늘 나 살아 있음에
사랑하는 가족의 건강과 평안을 기도드린다

머무는 곳에

삶이 머무는 곳에 임과의 추억들 묻으리
지금은 어느 하늘 아래 거하고 있을까
한 하늘 아래인데 임 그림자 보이지 않아
오늘도 임 그리워 추억 속 책장을 열어봅니다
이젠 잊어야 한다는 현실이 나만의 세상 걸음을 묶는다

잊기엔

소중한 그 날 추억들 굳이 잊으려 하지 않으리오
공허한 마음을 채워주는 행복했던 추억들
오늘 밤도 그날을 그리며 지치고 피곤한 몸 위로 받는다오
참되고 신실한 삶에 든든한 길잡이라오

세상을 이길 힘

하루는 하루는 짓밟히고 체여도 받아야 한다
험한 세상사 감당할 힘은 이미 거꾸러지고
다시 일어나 손 내밀어도 차가운 시선을 받는다
이젠 나 홀로 받고 이겨내야 한다는 현실이
흩어지지 않는 세상사 높은 벽에 다시 또 고개를 떨군다

나는 나

꺼져가는 육신은 이미 세상을 향하고 있는데
세상은 내 사정과 현실을 이미 알았는지 외면한다
설 자리를 잃은 채 여기저기 손 내밀어도
이미 이 몸은 지쳐 힘없이 헤매고
한 줄기 빛처럼 내 손 잡아 일으켜 준 손길
그 손길 의지함이 살아가야 할 현실임을 받고
오직 그 손만 바라보고 한 발 한 발 세상에 나가리오
아무것도 할 수 없는 현실을 받는다

사 남매

서로서로 끔찍이도 사랑하는 사 남매

오늘 하루 삶의 이야기로 화기애애한 분위기

밤 깊어 가는 줄 모르고 서로 가족 자랑 이어진다

뒤늦게 마실 가셨던 어머님에 잔잔한 미소

잊을 수 없는 그 날

　아름답고 행복했던 지난날 추억들이 허공 속에 흩어져 있다
다시금 기억하며 찾으려 해도 과거에 매임이 허락지 않는다
불현듯 그날이 떠올라 삶을 헤집고 내 걸음을 잡는다 내 아무
리 어렵고 힘든 삶이라도 세상사를 받고 살아야 한다

그날 친우

친우야 아무런 기대도 바람도 갖지 않으리
그저 내 곁에 머물러 술 한 잔 기울여 주오
세상살이 짐 버거워 세상 줄 끊으려 할 때
위로해 주고 고달픈 세상살이 동행해 주던 친구여
우리 짧은 여정 동행해 주는 친우여

가족은

삶에 중심을 잃고 이리저리 방황할 때

당신의 아픔인 양 손잡아 일으켜 주고 보듬어준 가족

그 사랑 그 손길 얼마나 따듯한지요

이 생명 더하는 오늘 속죄함으로 하루를 살리오

작은 행복

하루 삶에 지치고 힘든 몸과 맘
쉴 새도 없이 예쁜 막내가 오빠를 맞이한다
낯도 씻기 전 신발도 벗기 전
막내가 손을 벌린다
앙증맞고 살갑이 반겨주는 막내 성화
주머니 쌈짓돈을 꺼낸다
이내 만족해하며 구멍가게로 향하는
막내에 뒷모습에 작은 만족을 받는다
이 작은 추억 행복이 삶의 전부인 양
오늘도 기약 없는 내일을 그린다

백번 쓰러져도

오늘 아무것도 할 수 없음에
고개를 떨군다

무엇이 앞길에 걸림이 되는지 생각해도
내 의미 없는 그림자뿐

분명 저 산 너머엔 희망과 행복한 삶이
나를 오라 손짓하는데

이 무지하고 소심한 마음
다시금 추스르고 세상에 마주 선다

그곳에

친우야 그곳에 가지 않으련
우리 추억이 있는 그곳

책가방 옆에 끼고
삐딱 모자 눌러 쓰고

어른인 양 쓴 쐬주 나발 불고
담배 꼬나물었었지

아직 그곳 그 자리
우리를 기다리고 있을 텐데

긴 세월 야속해 잊히기 전
그날 그곳에 가자꾸나

허물어진 마음

이젠 긴 세월에 잊어야만 할 임아
우리는 우연이 아니라 필연이었건만
한낱 짧은 이별에 깨져버린 사랑
오늘도 임 그리며 허물어진 마음 달랜다

한 하늘 아래 살고 있을 임아
옛 추억 더듬어 그곳을 찾았건만
그날 임 모습 되새기려 해도 찬바람 뿐
오늘도 임 그리며 허물어진 마음 달랜다

잊지 않으리오

빛바랜 한 장 추억
허무한 마음에 위로를 주고
작은 꿈과 희망 사라져 갈 때
추억도 묻는다

나를 오라 손짓하는 추억
한 장 사진만이
그날의 삶을 대변하듯
세상 무거운 길을 재촉한다

어이하리오

이 한 몸 받아줄 곳 아무도 없는데
손 내밀어 외쳐도 대답 없는 메아리 뿐
오늘도 체이고 지친 육신을 어이하리오

진실한 삶 길이 보이지 않는데
좌절도 실망도 묻어두고
일어나 힘든 걸음 내 딛는다

정아야

사랑스럽고 앙증맞은 내 사랑 정아
이젠 정아가 싫어졌다
농 한마디에 눈가엔 눈물 방울 금방 맺히고
그 마음 달래주려 서툰 기타를 잡는다

긴 세월 이젠 잊혀질때도 되었건만
아직도 잊지 못하고
이밤을 하얗게
조용한 발라드로 지새운다

Over a Wall Poetry
30

인지생략

삶이 흐르는 길

2019년 3월 15일 초판 1쇄 인쇄
2019년 3월 20일 초판 1쇄 펴냄

지은이 | 조병혁
펴낸이 | 송계원
디자인 | 송동현 정선
제　작 | 민관홍 박동민 민수환
펴낸곳 | 도서출판 담장너머
등　록 | 2005년 1월 27일 제2-4102
주　소 | 11123 경기도 포천시 화현면 달인동로 89-1
전　화 | 031-533-7680, 010-8776-7660
팩　스 | 031-534-7681
이메일 | overawall@hanmail.net
카　페 | http://cafe.daum.net/overawall

2019 ⓒ 조병혁

ISBN 89-92392-55-6 03810
값 9,000원

이 도서의 국립중앙도서관 출판예정도서목록(CIP)
은 서지정보유통지원시스템 홈페이지(http://seoji.
nl.go.kr)와 국가자료종합목록시스템(http://www.
nl.go.kr/kolisnet)에서 이용하실 수 있습니다.
(CIP제어번호 : CIP2019008640)